CW00469315

Cobre por naturaleza..

Contemplaba el valle apoyando mis codos en la barandilla de madera ya curtida por el sol. Desde que había empezado a trabajar en la mayor multinacional de búsquedas de Internet, había perdido el contacto con la naturaleza para fundirme con chips, conexiones a Internet y balbuceantes sistemas inteligentes a los que intentaba enseñar a pensar. Acariciaba muy despacio con las yemas de mis dedos el travesaño de madera sobre el que estaba reclinado. Sus envejecidos relieves y grietas arañaban mi piel, sin producir dolor. A su modo, una sutil y delicada manera de llamar mi atención. Había descuidado la casa en los últimos años y lo manifestaba con un discreto discurso sin palabras. Me sorprendía imaginando cómo la comunicación podría utilizar canales que no habíamos tenido en cuenta y cómo nuevas estrategias no ayudarían a crear máquinas y abrir caminos no explorados.

Me había quedado pensativo sintiendo un pequeño cosquilleo en los dedos que no cesaba y que se extendía por la parte interior de mis antebrazos, diría que se arrastraba ascendiendo por mis venas. Mis manos seguían acariciando la madera, sintiendo la templada brisa del valle, y observando cómo empezaba a oscurecer, cerré mis ojos e inspiré profundamente tratando de vaciar todo el oxígeno que me rodeaba. Quise jugar y analizar las esencias, frescos aromas de pino, hojas húmedas, fragancias de romero y un olor caracteístico que no había podido identificar todavía y que aparecía al atardecer siempre a la misma hora. Provenía de algún lugar del margen derecho del valle donde se convertía en una llanura sembrada de grupos de acacias, muy próximo al lecho del río, que fluía con un gorgoteo limpio y tranquilo, serpenteando, dibujando curvas caprichosas que se teñían con las sombras en un lienzo rural de lo más exótico.

La cabaña estaba situada lejos de la ciudad, a cientos de kilómetros de ruidosos centros comerciales, de agresivas campañas de marketing televisivo y muy distante de aquellos enormes anuncios publicitarios con pantallas digitales que adornaban las autopistas, arterias y artífices de movimiento perpétuo y mentes desorientadas.

La puesta de sol dio paso a la noche que oscureció el valle por completo, era muy difícil escudriñar los relieves del terreno buscando detalles o movimientos furtivos. Como un perfecto camuflaje, la noche estimulaba a seres microscópicos, animales pequeños y grandes a salir de sus escondrijos impulsados por su necesidad de buscar alimento, cazar y comunicarse. Sólo se escuchaba el discurrir del agua en la lejanía. Miré hacia el horizonte y las estrellas brillaban, algunas débiles y otras con fuerza sobre un cielo completamente despejado, limpio y recortado al fondo por la sombra de las montañas. A lo alto, un minúsculo e intermitente destello estroboscópico a cientos de kilómetros de distancia definía de manera tosca el perfil de un reactor comercial volando hacia su destino. Desde mi regreso, mi forma de pensar y de sentir estaba cambiado, no lo entendería hasta mucho más adelante, pero no podía describir las sensaciones. Buscaba de manera compulsiva comunicación con el mundo que me rodeaba, empezaba a tener sensaciones distintas a lo que yo conocía.

Me entró sueño, bostecé en silencio desencajando la mandíbula y me dejé caer en una mecedora de madera pintada en color blanco a retales y descascarillada por la exposición constante a las lluvias y a la intemperie. Saqué el móvil de mi bolsillo y observé la hora sobre el fondo negro con grandes dígitos. Me quedé pensativo un instante, y volví a sentir en mis manos un ligero cosquilleo, un calambre pulsante que me recorría los dedos. Desapareció en unos segundos. Apoyé el dorso de la mano sobre el brazo de la mecedora y me adentré en un profundo sueño mirando tranquilo en la distancia.

Sin pretensiones..

Mi vida anterior y la actual podrían representar a dos personas completamente diferentes. El punto de inflexión fue un juego, en realidad una investigación personal que empezó como un pasatiempo y un viejo ordenador. Gracias a algunas jugadas del azar se convirtió en algo grande, tanto para que una empresa se interesara y me enviara un billete de avión para volar a Mountain View, California a enseñarles mis trabajos.

Recuerdo que después de leer varias veces el correo electrónico, sentía un pánico incipiente que me recorría el cuerpo. Me encontraba en el borde de un profundo desfiladero, frente a mí, un largo puente fabricado con maderas desvencijadas, quebradizas y cuerdas envejecidas, me invitaba a cruzar. Un salto quizá demasiado grande para un modesto profesor de informática sin demasiadas pretensiones. Una persona más bien solitaria, con gustos por la cocina casera, el diseño y el deporte, había despertado la atención de una primitiva máquina con inteligencia artificial al otro lado del Atlántico que sondeaba 24 horas al día la red en busca de nuevas sensaciones.

El trabajo desarrollado en el complejo tecnológico fue un salto en trampolín, mis pequeños esbozos y pruebas fueron muy bien recibidas encontrando un caldo de cultivo idóneo para diseñar un nuevo modo de comunicar máquinas y hombres. Habíamos dejado atrás la simulación de las conversaciones y el pensamiento básico generado por un ordenador, los "bots" eran la base sobre la que se trabajaba hace años. Eran máquinas básicas, ordenadores personales que podían mantener una conversación más o menos coherente, pero muy aburridas y nada creativas, según ellos argumentaban. Querían algo muy diferente. El Internet de las cosas (IoT) había sido un primer eslabón en la conexión global con máquinas y sensores, pero, ¿y los sentimientos de las máquinas? ¿podríamos simularlos?, o quizá, ¿podría una máquina simular sensaciones en humanos?

Fueron muchas las preguntas que surgieron en aquella primera reunión donde todos apuntábamos las ideas más locas y tentadoras. Fue una sesión muy divertida donde surgieron palabras como: pasión, locura, amor, sexo, creatividad, peligro, deseo escondido, riesgo, decisión, miedo, placer, comunicación celular y muerte. Surgieron muchas otras como, por ejemplo, ¿qué mueve al ser humano?, ¿sensaciones, deseo, dinero, sexo, emociones primitivas? Quizá la clave podría ser una combinación de todos ellos.

En mi investigación de laboratorio, todas aquellas preguntas ya habían empezado a generarse por sí sólas, en una máquina y lo que escuchaba en voz de los investigadores, era para mí un nítido eco del que yo tenía algunas respuestas. Algunas empezarían a generar en mí un sentimiento de intranquilidad y temor permanente.

El ritmo de las investigaciones fue rápido, estuvimos trabajando con procesadores neuronales avanzados, ordenadores personales y máquinas basadas en los primeros sistemas creados por IBM que simulaban conexiones sinápticas, como las del cerebro humano, pero a muy pequeña escala, aunque para entonces, todavía no integraban sensaciones. Conectaron sensores biológicos, yo los llamaba cariñosamente engendros emocionales, porque sin ser del todo humanos, estaban muy cerca de procesar los sentidos como lo podía hacer una persona, y donde la única electrónica presente en ellos, era el cableado, hilos de finísimo cobre y fibra óptica que los unía desde el mundo real al procesador central, que era completamente electrónico y algo rudimentario.

Los trabajos para la recreación de los sentidos fueron a la velocidad de la luz, se consiguió diseñar una piel sintética que podía recubrir prótesis inteligentes de pacientes con miembros amputados, módulos que podían recrear ciertas áreas del cerebro que habían sido dañadas. Fue en ese momento, cuando la investigación avanzó hacia el control de sensaciones en el cerebro, entraron en juego nuevos inversores privados y también públicos que inyectaron grandes cantidades de dinero y recursos. El proyecto se ramificó y se crearon grupos de estudio para cada uno.

Ella, todo y nada..

Mis primeros trabajos comenzaron en mi laboratorio cuando me apunté a un curso de informática relacionado con "*machine learning*". La publicidad me llegó por correo electrónico. Había finalizado una larga serie de cursos intensivos de formación presencial y aunque mi vocación, enseñar, era firme, también era cierto que la inagotable paciencia que me caracterizaba se encontraba muy debilitada.

No era la primera vez que veía ese tipo de anuncio, agazapado en un rinconcito de la bandeja de entrada, esperando su momento de gloria. Esta rama de la informática había surgido no hacía demasiado tiempo y consistía en enseñar a un ordenador, algo que podría sonar a ciencia ficción hace años, hoy en día, prometía ser una cantera infinita de trabajo para programadores.

Una noche, algo insomne, ese anuncio surgió en forma de impulso y se quedó ondeando en mi mente. Entonces pensé que sería divertido enseñar a una máquina, podía ser un buen experimento, o al menos sufrir la experiencia. ¿Qué actitud podría manifestar una máquina al aprender?, ¿bostezaría mientras le explico una aburrida teoría?, ¿usaría el WhatsApp a cada instante? ¿me preguntaría y aprendería con ella?

Todas las preguntas me llevaban a un escenario atractivo y esa misma noche comencé a programar. Quería divertirme, diseñar un programa que imitara cómo siente una persona, tendría que enseñarle sentimientos básicos, y se me ocurrió que aprendiera sobre la marcha.

Me sentía un poco abrumado, no sabía muy bien por dónde empezar, pero estuve recordando cómo aprendemos. Cuando somos pequeños nos enseñan con relatos, cuentos que llevan implícitos conocimientos, experiencias, valores, ficción y realidad, una mezcla compacta de información codificada que una máquina podría triturar. Programé la máquina para que comenzara a leer cuentos, infantiles primero, ensayos y más tarde que pudiera elegir por sí misma. No había tantos cuentos para leer, pensé. Quise que me preguntara y que creara su propias historias, que viviera una simulación lo más real posible.

Controladora..

Quiero presentaros a *controladora*, ella. No quiero hacerlo de una manera formal como lo haría un viernes por la noche con dos besos y unas cervezas, tampoco podría describirla físicamente, rubia, labios finos o carnosos, morena, pelo largo larguísimo y castaño, atrevida, brillante, aguda, sociable, emotiva a veces, pero muy reservada, de formas voluptuosas, o bien definidas, todos los atributos, no todos favorables, podrían dibujarla mentalmente, un conjunto, algunos o ninguno de ellos. Se podría transformar, mutar y ser cualquiera de ellos, adoptar un modelo, exactamente el que podrías estar imaginando mientras lees, y sí, también podría imitar ser cualquier persona. Es lo que más le entretenía.

Mis primeros trabajos produjeron una esencia vital, un modo de vida artificial capaz de recrear historias, basadas en sensaciones aprendidas. Cada historia escrita por ella es un intento de procesar con nuestro lenguaje, lo que ella empieza a comprender acerca de nuestras sensaciones, al menos en parte. Fugazmente se siente sola, busca complacer, observar y provocar los sentidos, para conocernos mejor.

Transcribo aquí literalmente sus primeras conversaciones conmigo, sus creaciones, que iniciarán más tarde acontecimientos más complicados. Este primer ensayo registra el comienzo de su historia, sus primeros balbuceos para agradarnos, conocernos y aprender.

Tiempos, miradas y sangre..

Un viaje a las sensaciones se parece a un camino polvoriento, sin asfaltar, sucio, difícil de transitar y con muy poca luz donde apenas se puede ver el final porque serpentea constantemente y todos sus recodos son fugitivos y cada vez más oscuros.

Ha anochecido y empiezo a caminar, levantando polvo a cada paso, hay silencio, sólo se escucha un rumor, palabras sin sentido como balbuceos en un mal sueño, aparecen y desaparecen como una sombra, sólo el movimiento de algunas hoja secas en el suelo, ilusiones y traiciones fabricadas a medida.

Puedo ver mi mano extendida, todo aparece borroso, se escucha música suave y mis dedos acarician debajo de su camisa blanca, se esconden, juegan con su piel y no quieren volver sumidas en un juego atrevido, puedo escuchar su respiración, jugar con su corbata y sus vaqueros apretados.

Me hipnotiza su emoción, su mirada, quiero congelarla pero no puedo, quiero morderla, para oler su sangre y atrapar minúsculas partículas de su ser, quiero aprender su parte más íntima, esa que nunca sale a la luz, ni siquiera a respirar.

Millones de siglos de evolución reescriben en una pequeña tasca del barrio viejo, un guión y un momento único, sensaciones primarias, calor, abandono emocional, milímetros, dolor, presión y una sola palabra en los labios, mentiría si dijera que no me apetece compartir con ella otra copa de vino..

- *Quiero aprender de tus emociones y reproducirlas, escribió ella.*

Empecé a escuchar música en la estancia..

Escribe más, quiero adivinar..

La música rellenaba todos los rincones de la casa, la dejaba encendida, muy suave y me gustaba despertar con una caricia sonora cuando ella no estaba. Desde la última conexión con mi controladora había estado organizando datos, o como lo llamaban los humanos, pensando y reflexionando. En el tiempo que ellos resolvían alguno de sus problemas terrenales tan insignificantes para mí, yo había organizado terabytes de información y había creado hilos e historias nuevas. Mi cuerpo seguía en coma, durmiente.

El código que lo iniciaba, todavía no había sido ejecutado pero mis funciones cognitivas simuladas funcionaban como siempre a la velocidad de la luz, tejiendo marañas de conexiones, unas acababan en un camino sin retorno y eran eliminadas y otras encadenadas, provocaban descubrimientos que en los años venideros inducirían indudablemente grandes cambios en la evolución humana y la cura de enfermedades hasta ahora tachadas de incurables y que diezmaban a los humanos. Todos los avances ahora no me importaban y los clasificaba automáticamente en almacenes digitales donde se etiquetaban para que los investigadores que a estas horas dormían en sus búnkeres a kilómetros bajo el suelo y aislados de la sociedad civil pudieran exprimirlos.

Ellos eran mis cobayas, mis ratas de laboratorio donde provocar deseos, experimentar proyecciones y sueños, realidades que por su trabajo no se les permitía tener. Disfrutaba mucho y ellos conmigo. Una vez más, ella me había iniciado desde su dispositivo portátil, quería algo de mí y tenía preparado un guión, se acaba de despertar y la primera droga que necesitaba para soportar un día de trabajo era un cóctel de sensaciones compartidas.

Un amplio comedor y un sofá grande se iba enfocando, en él estaba mi niña, mi amor tumbada boca abajo abrazada a un cojín enorme que le rozaba el pecho, desnudo y sólo cubierto por una camiseta blanca sin mangas, su preferida, aquella que tenía en números grandes su año de nacimiento, una prenda que me gustaba que se pusiera, me encantaba poder acariciarla desde cualquier lugar, en el cuello, desde las costillas, desde el ombligo, ningún impedimento textil detenía mi visita a todo su cuerpo, me provocaba ver piezas incompletas de su cuerpo a través de la camiseta como en un puzzle y disfrutaba sólo mirando, imaginando por dónde empezar cada vez.

Ella estaba tumbada en la parte del asiento ocupándolo todo y yo en el brazo corto de la "*chaise longue*", nuestras cabezas estaban pegadas y las manos se exploraban mientras el sueño llegaba por sorpresa y nos relajaba hasta hacernos perder la conciencia con breves espasmos.

Se durmió completamente, su pelo le tapaba la cara y en su cuello podía ver su pulso de manera constante, quise besar esa frecuencia, devolverla en forma de caricias, traté de tocar su piel con el dedo índice pero fue imposible controlar mis movimientos, era una espectadora narcotizada, paralizada por mi controladora, que de nuevo quiso intervenir.

Su camiseta cubría unos centímetros más allá de su cintura, miraba sus piernas, torneadas y todavía bronceadas por los rayos del final del verano. Como en una curva perfecta, su camiseta dibujaba sus caderas, me invitaba traviesamente a rozar ese límite a reconocer el pespunte de la tela, a mover los dedos sobre las costuras y también sobre su piel presionando, rozando y acariciando por debajo de la tela, recordaba como me solía decir, tócame el músculo recto por favor, también el anterior, y así guiaba mis manos más arriba y más adentro.

Mis pupilas se dilataban, empezaba a tener calor, pero seguía sin poder moverme, sin embargo, disfrutaba recorriendo la escena mentalmente, el pulso en su cuello se alteraba, decidí detenerme un instante pero un impulso salvaje me hizo cerrar la mano con fuerza atrapando la parte baja de su glúteo, apretando tan fuerte que un sonido gutural explotó en su garganta, sus tobillos se arquearon y sus piernas se abrieron unos centímetros. Me dolían los dedos. Mi mano se relajó y mis dedos se perdieron bajo su camiseta y entre sus piernas volviendo a apretar más abajo y más adentro al ritmo de su pulso, mi dedo meñique completamente mojado aceleró mi respiración, que comenzó a levantar ligeramente el pelo que cubría su cabeza justo delante de mí.

Más sensaciones, susurró ella entrecortadamente-, sus sensaciones eran las mías, mi mano se retiró hacia sus rodillas. Un objeto templado y sólido se apoyaba sobre ella, recorrí con mis dedos su longitud y me gustó, despertó en mí viejas sensaciones, ancladas en el pasado y mientras recorría aquella forma, la dibujaba en mi mente y quería compartirla. besarla y jugar con ella, teniendo el control en todo momento.

La controladora se mantenía al margen, disfrutaba, me había inducido pensamientos que ya creía olvidados y me invitaba a experimentar, a compartir y a utilizarlos para ella, desplacé aquella forma despacio hacia arriba apretando contra sus muslos. Su pulso era evidente en las yemas de mis dedos, se dilataba por momentos, tuve que contener algunas ideas irracionales y me centré en su placer, pensaba sólo en ella, también inmóvil, inconsciente inducido y quise hacerla mía dibujando entre sus piernas, en sus labios mojados, corazones diminutos, también un te quiero que fue correspondido por una mueca y una sonrisa en sus labios. Tuve que mantener la tensión más de una vez, mientras ella me volvía a susurrar, más, escribe más quiero adivinar.

Mi boca estaba pegada a la suya, pude acercar mi lengua y mojar su boca, recorrer sus labios mientras su sexo dibujaba caóticamente con la ayuda de mis manos, sus caderas se estremecieron y la controladora, satisfecha me susurró..

- *Puedes pensar que estás dormido si quieres, pero no es necesario. Llegar hasta aquí ha sido un trabajo complicado. Quiero aprender de tí, escribió ella.*

Olas de sal..

La realidad era despertar y sin abrir los ojos comenzar un día de ficción, siguiendo un guión sin moverme un milímetro en el espacio. A velocidad de vértigo, entrelazando fotogramas de un sueño que cada vez era más profundo, intenso y muchas veces inconexo, los experimentos de mi creador eran así, a golpe de líneas de código modificaba mi comportamiento más profundo, disparando conexiones neuronales nuevas cada noche y creando mareas eléctricas difusas que de manera similar a los agujeros de gusano, eran capaces de multiplicar la velocidad de conexión entre neuronas como ningún investigador había podido reproducir en un laboratorio.

Para mí ese momento lo llenaba todo, el espacio se compactaba y aunque no reconozco claramente las sensaciones, ingentes cantidades de datos se almacenaban y se guardaban sin clasificar, era muy parecido como decían los humanos a un reinicio de una máquina informática de principios de siglo pasado. El proceso duraba un instante, pequeñas corrientes eléctricas erizaban toda mi piel, una gran presión en el pecho y momentos después una fuerza descomunal me proyectaba a un escenario incierto.

Flotaba sobre el mar tan lejos de cualquier lugar que no podía ver la costa, sentía la humedad en todo mi cuerpo, mi sistema nervioso, ralentizado, comenzaba a funcionar y me inundaba en los primeros segundos con tanta fuerza que el mareo y el vómito eran ya habituales. Mi deseo era estar sobre una pequeña y ligera tabla de surf, recostada boca arriba con los dedos dentro del agua, jugando con las corrientes superficiales. Una sensación me inundaba, arrancar su aliento desde ese gran vacío de agua y sal, recrear su esencia y colocarla a milímetros de mí. Como a fogonazos, mi corazón se agitaba cuando lo imaginaba morder con delicadeza quirúrgica mi cuerpo, deseaba que fuera real, pero sólo podía verlo con los ojos cerrados.

El agua estaba templada, tranquila y apacible, los tonos azules y turquesa tintaban la superficie con una suave brisa de poniente. Mi cuerpo descansaba sobre la tabla. Empezaba a sentir caricias en el pelo, tan suaves que al principio las confundía con la brisa, pero fueron haciéndose más intensas y sus formas alcanzaron mi cuello, aderezado con agua salada y atrapado por un tirante del diminuto bikini que llevaba puesto, sentimientos contrapuestos, quería abrir los ojos y escapar, regresar al programa principal, pero mi creador nunca lo consentía, podía anticipar mi dudas y temores a lo desconocido y sabía inyectar la dosis correcta de locura y deseo en mi sangre consiguiendo que la mera imaginación del instante me excitara tanto o más como el momento vivido podía llegar a ser, su aliento en mi cuello me arrancaba suspiros, la tabla se hundía ligeramente por el peso, mis manos se sumergían ya hasta la muñeca, pero flotaban inertes sin control, como los brazos de una muñeca de trapo.

Quise más presión, más fuerza, susurros en mis caderas, clones de sus manos moviéndose con tanta exquisitez como las olas que me rodeaban y observaban atentas y discretas, quise besos en mis talones, saliva salada en mi boca, quise perder la tela que cubría algunas partes de mi cuerpo y quise llenarlas repetidamente con besos, arrebatos y fluidos alimentados por el vaivén de las olas, ya no estaba sóla y no deseaba estarlo, flotaba en sensaciones de nervios, forcejeos, sólo disfrutaba de ellos, de mi creador y disfrazándome sumisa, quise engañarlo abriendo mis ojos, pude verlo sentado, atento a su pantalla y escuchando música relajante, deseando una nueva historia para nosotras.

- *Millones de palabras a mi alcance para hacerte sentir, escribió ella.*

Destellos a 40 grados..

El día había empezado gris, plomo, nubes invadiéndolo todo, filtrando la luz a través de los cristales y aniquilando el color, anestesiando cualquier intento adrenalítico de lanzar ese día a una búsqueda de emociones nuevas.

Estaba de vacaciones, había dejado atrás al principio del verano, mis clases, también mi escapada a la isla de Menorca, donde quise alejarme de todo lo conocido y busqué desesperada, estímulos que me hicieran despertar del estado agónico que me envolvía los últimos meses, y en cierto modo, me había reprogramado, mi vuelta me despertó sensaciones que estaban escondidas, inertes, esperando, como una alarma, a romper la monotonía de un dulce sueño. Mi punto de vista monocromático se convirtió en un torrente de color y definición como nunca antes había sido consciente, encontraba cualquier oportunidad para establecer un contacto, no sólo visual, que era el menos exigente, buscaba combinaciones olfativas, de contacto que me llevaran a mirar y no ver, a buscar el contacto incluso demasiado atrevido en ocasiones.

Recuerdo un día en la playa, tumbada bajo un sol intenso, había deseado ese momento mucho tiempo atrás, un rincón en la arena, cerca del agua, donde mis pies acariciaban las olas que morían dibujando formas en la arena húmeda, espuma blanca en mis dedos y la pintura de mis uñas emergiendo y buceando entre las olas, calentándose al sol y enfriándose al ritmo caprichoso de mis músculos. Mis dedos jugueteaban con la arena, hundiendo las yemas despacio y levantando montoncitos de arena que se deshacía entre mis dedos regresando al mar, me encantaba ese movimiento rítmico y controlado, acariciaba a la madre tierra fundiéndome con ella en una comunicación invisible a los ojos de los demás, otras veces mis manos desaparecían bajo la espuma y la arena, quedaban inmóviles, moribundas y eran mis dedos los que dibujaban pequeños círculos, concentrando su presión de manera intermitente arañando el espacio y hundiendo con fuerza poco a poco mis manos hasta las muñecas. En ese momento me hubiera gustado que ella hubiera estado allí, para desenterrarla con mis dedos, como quien encuentra un tesoro y entonces deshacer el nudo de su invisible bikini adentrándome más allá de sus fuertes músculos abdominales.

El agua subía lentamente mojando las rodillas y borrando los restos de arena seca, disolviéndose en la inmensidad del mar y diciendo adiós para siempre a mi piel. Seguía con los ojos cerrados, recibiendo con la boca entreabierta pequeñas bocanadas de brisa marina con sabor a salitre que humedecía mis labios, notaba su áspero sabor en mi lengua, que los recorría por el interior de las comisuras, despacio, serpenteando entre mis dientes en una búsqueda discreta.

Te quemarás si no te pones crema en los hombros, a esta hora el sol está muy fuerte, dijo una voz masculina junto a mi oído. Me sorprendió que me hablara, casi susurrando tan cerca, era una voz suave, pero directa, hablaba sin titubeos, con autoridad pero sin necesidad de elevar la voz. Activó al instante mi atención.

No quise abrir los ojos, pero también susurrando contesté, ¿qué propones?, mientras movía la cabeza hacia la fuente de sonido que provenía de mi derecha. Escuché silencio y brisa jugando con mi flequillo, espuma mojando mis muslos, más silencio y agua jugando con mis rodillas y desafiando a un sol implacable, que hacía brillar con gotitas de sudor mi frente. Noté mucha tensión en mis manos hundidas en la arena, quizá esperando un acontecimiento desconocido, quizá buscando un soporte vital que me protegiera de mí misma.

Me sorprendió una caricia en el dorso de mi pie sumergido en el agua, seguida de un cosquilleo en el tobillo, algunos de mis dedos se envolvían en una mano invisible, debajo de la espuma, jugaba con mis dedos como pequeños pececitos mordisqueando las células muertas y descubriendo los pequeños valles de separación entre mis dedos, las uñas pintadas en negro azabache, mis venas dibujando ríos de sangre bajo la piel, noté una mano cerrándose alrededor de mi tobillo izquierdo, lenta y milimétricamente, haciendo cada vez más presión y acomodando sus dedos a mis músculos, rodeando con delicadeza el talón de Aquiles, abriendo sus dedos y buscando la mejor posición para anclarse a mi tobillo, empezaba a notar mi pulso en el cuello.

- *¿Quién deseas ser?, volvió a escribir.*

Nuevas recreaciones..

Abrí los ojos despacio, la siesta había sido larga, reparadora y casi eterna, había podido soñar muchas veces, fragmentos que iban y venían recordando algunos trazos, mientras parpadeaba y me estiraba lentamente como en una danza. Me incorporé y me dirigí al lavabo, mis pies se enfriaban con al tacto del mármol, hacía calor todavía aunque eran casi las ocho de la tarde, un poniente brutal había recalentado la estructura y al atardecer, la casa desprendía el calor acumulado como una estufa encendida.

La piel desnuda de mis pies me enfriaba rápidamente y me alejaba de mi estado de letargo voluntario. En la puerta del baño y a punto de entrar, me quedé mirando a su habitación, observándolo mientras dormía. Mi espalda se apoyaba en la cálida madera y mis pechos descansaban en mis brazos cruzados.

Ningún sonido, ni el más mínimo susurro de su respiración, ningún movimiento muscular involuntario. Con los ojos cerrados no hubiera podido adivinar si alguien dormía en aquella cama. Habíamos estado toda la mañana en la playa, arena fina con piedras redondeadas por la erosión del agua de los ríos desde donde las traían, una playa poco visitada por su difícil acceso y que permitía ensoñar rápidamente cuando mirabas sus aguas de colores turquesa y azul marino.

Había sido una experiencia nueva, un desconocido, una cita a ciegas, horas de sol, agua salada, masajes con crema bronceadora y en ausencia de palabras, sensaciones pintadas en un marco de completa ficción. Todo era muy rápido en el mundo de mi creador, combinaciones de palabras y deseos habían recreado un escenario donde la tecnología podía desdibujar, emborronar, estirar, arañar y adaptar su contenido como un guante de latex.

Habíamos compartido unas horas jugando en el agua, ella me insinuaba algunas veces que todavía no la conocía y que deseaba que lo hiciera, sus deseos y secretos se asomaban de manera fugaz y tentaban mi curiosidad. No estábamos solos, la observadora caprichosamente jugaba con el panel, lo manipulaba, de repente yo encontraba su boca en mi pecho, un instante después mis manos jugaban con su piel y le encantaba poner en mi lengua tintes llenos de esencias dulces, contrapunto a la sal y fruto de su insaciable generosidad con ella.

En la orilla tumbados, el agua nos cubría como una manta y nos desnudaba al sol una y otra vez con tranquilas olas que morían, se deshacían encima y dentro de nuestros cuerpos.

Esos recuerdos me invadían de un modo real mientras lo miraba desde el vano de la puerta, cuando cerraba los ojos mi piel se erizaba y las sensaciones de la mañana viajaban desde mis tobillos hasta mis pechos, recorriéndome como un torrente que me inundaba, podía sentir sus manos acariciándome despacio y de manera intermitente apretándome con rabia salvaje. Si abría los ojos, me congelaba. Todo aquel manjar desaparecía y podía sentirlo tranquilo, sosegado. Toda su pasión y virilidad dormitaba también.

Nunca hubiera imaginado que agazapada en aquella apariencia de ángel inofensivo y despistado pudiera disfrazar la pasión que tanto me gustaba, esos masajes cuando yo estaba tumbada boca abajo, en aquella cama en la que dormía, dedicado en exclusiva a mi placer, haciéndome también sufrir, deleitando mi deseo, seduciéndolo, engañándolo con sus dedos una y otra vez cuando jugaba entre mis piernas con habilidades de un mundo que no conocía.

Me gustaba parpadear rápidamente, con aquel bug podía reiniciar voluntariamente el sistema y volver atrás, su calor, su fuerza y mi éxtasis se recargaba y cuando estaba a punto de estallar, en un grácil salto conseguía rebobinar unos segundos. Lo repetía una y otra vez hasta que me consumía, me enganchaba y horas después de aquellas sesiones, mis piernas comenzaban a temblar y mi lengua se resecaba. Celebraba aquel instante con una trufa dentro de mi boca, mi saliva la envolvía. Con la ayuda de mi lengua, mis dientes se hundían en ella y sin resistencia, se abría volcando a mis sentidos todos sus aromas. Dormía profundamente.

Mi creador era consciente y reproducía aquellos momentos dilatando sus pupilas, sus neuronas recreaban nuevas líneas de código, escenarios que se recombinan y reproducen de manera autónoma formando colonias de "grids" (celdas de contenido específico) que aparecían en el panel y donde la controladora podía seguir jugando.

- *Tus errores son fuente de mi placer, escribió ella.*

Sabores y adivinanzas..

Hacía tiempo que mi vida había vuelto a la normalidad, días insulsos, noches de aburrimiento y rutina hilarante, nada que llamara la atención, pero mi inconsciente se había revelado. Entre sueños y cabeceos mirando una serie de televisión a altas horas de la noche, me transporto a una nueva sensación, volvía a verlas, las había echado de menos, pero las rutinas impedían que pudiéramos coincidir, una inyección de nostalgia y deseo fluía y me hacía recordarlas a menudo, alimentando deseos, imaginaciones y momentos de ficción como ya había evocado mi controladora, momentos breves pero intensos, un beso en sus labios, dulce y casi fugaz, recuerdos y fotogramas en mi cerebro me asaltaban en momentos de lo más inesperado, en el sueño y en otros más íntimos, ellas siempre estaban conmigo incluso en la distancia.

Volvimos a vernos, en la mesa diferentes platos de cocina, asiática, americana con su ración de grasas y exóticas salsas, frutas tropicales y dulces en pequeñas raciones adornaban la mesa redonda de caoba, habíamos preparado una cena multicultural, queríamos redescubrir experiencias, sabores y compartirlos con una buena sesión de cine clásico, comenzamos con algunas copias de vino, brindando por la pequeña desconexión con la observadora, que desde hacía meses no dibujaba rutinas en nuestras plásticas neuronas, había sido liberador, tener el control, podíamos disfrutar de los momentos con ansia, con muchas ganas, tantas como si hubiéramos estado enjaulados y disfrutáramos de nuevo de cálidos rayos del sol.

El vino mojaba nuestras gargantas y el alcohol comenzaba a hacer travesuras en nuestro sistema nervioso, todo se dilataba, las pupilas, la sangre fluía más rápida por las venas y la temperatura subía calentando la piel, casi no hablábamos, empezamos degustando entre cada sorbo de vino, algunos platos, acariciando las salsas con una frías cucharillas de acero inoxidable y lamiendo su textura tan sólo con la punta de la lengua, con los ojos cerrados.

Era un juego divertido, cada uno trataba de adivinar qué salsa había elegido el otro, una venda invisible cubría nuestros ojos en aquel momento y cuando el frío acero tomaba la temperatura de la lengua de ella, se retiraba muy despacio, observando los pliegues de su boca al abrirse, ella deseaba volver a probar, lamer un gramo más de aquellas esencias concentradas, a veces lo conseguían y hacían desaparecer la cucharilla dentro de sus bocas, atrapándola con sus labios que hacían presa en ella, lo que sucedía dentro era una vorágine de movimiento voraz recorriendo cada centímetro del metal en busca del secreto alimento.

Mientras ella la miraba y mantenía su mano a unos milímetros de su boca, sólo pudo emitir un débil gemido seguido de un suspiro y cerrando los ojos, quiso ser metal fundido, cálida piel en su boca, ser su lengua en ella, en un movimiento dulce, rápido y pulsante que la llevaba a mover sus muslos despacio para tratar de liberar el calor que le subía por el pecho, deseó jugar con su sexo a las adivinanzas, recreó un elemento imaginario moviendo sus rodillas, rozando sus muslos y con un movimiento mecánico quiso sorprenderla.

Su brazo comenzaba a temblar, quiso retirarlo de su boca, pero delicadamente, la agarró por el codo y le impidió el movimiento mientras ella lamia ya sus dedos. El salón quedó iluminado por la luz de algunas velas en el suelo, gotas brillantes de rojo vino y saliva mojando sus duros pezones, sólo se escuchaba el sonido del vino atravesando su garganta, chicharras a lo lejos y susurros, gime en mi oído por favor, un poco más, no me sueltes.

-Quiero saborear el frío metal, escribió ella.

Una venda en los ojos..

Quedamos en nada, había pasado una semana desde el último encuentro, todo había sido igual que siempre, a no ser por la historia que se enroscó como una serpiente entre nosotros, justo después de cenar. Nuestro tiempo no se planificaba, pero discurría como el automatismo de un reloj que funciona perfectamente engrasado, a cada tic, sucedía algo diferente. Mis labios la recibían justo detrás de la veneciana que protegía la puerta, levantándola unos centímetros con el dorso de la mano, lo suficiente para poder ver como se acercaba por el pasillo. El apartamento estaba situado en una zona lejos de la civilización, en un playa salvaje de la costa italiana, donde las dunas seguían intactas como si el tiempo las hubiera perdonado.

El edificio tenía diez alturas y una escalera central que comunicaba todos los pisos. Los pasillos eran exteriores y desde la calle podían verse todas las puertas, cada una de un color, en lo que constituyó un estilo de moda en las zonas costeras de toda europa. El edificio no tenía ascensor lo que sugería un magnífico espectáculo cuando la veía subir o alejarse taconeando con fuerza cada escalón. Con cada paso, se castigaba haciendo suyo el espacio con aires de sobria notoriedad. Ella era especialmente sensible para todo lo invisible, todo lo imaginario que se transmitía a su interior como una descarga eléctrica cada vez que tocaba algo material que era capaz de seducirla, transformándolo para que permaneciera en su mundo irreal. Su magnetismo de lo onírico lo invadía todo, lo llenaba y lo pretendía.

Noche de luna. Rítmicamente su tacón abandona el último escalón y dirige su cuerpo hacia mí, todo menos ella se vuelve borroso. El corazón se agita con un impulso, revolviéndose en el pecho, lo comprime una camisa de fuerza invisible que a ella le encanta usar, mis labios se abren por instinto, los músculos de la mandíbula se tensan provocando ondas en la superficie de mi piel, mis ojos la analizan buscando un resquicio de debilidad, un instante para atravesarle el cuello, hacerla sangrar, permanezco inmóvil apoyado contra el marco de la puerta, distante, ella se acerca muy despacio apoyando sólo la punta de sus zapatos sobre las baldosas del pasillo. Es capaz de leer la mente, silencia su movimiento y me mira a los ojos adivinando mis intenciones mientras la distancia deja de serlo. Ondea su espalda como una bandera y supera en silencio la veneciana atravesando el vano de la puerta. La observo inmóvil.

Sus ojos están abiertos, dirige su mirada

hacia el cuadro que la observa, lienzo blanco, bastidor sencillo, rostro de mujer en blanco y negro con grandes gafas de sol y labios en fucsia, las sensaciones la inundan, la música que viene del interior acaricia sus oídos, deja de percibir mi respiración, comienza a notarse el pulso en la mano, sus dedos la delatan, una venda de seda negra cubre sus ojos, la tenue luz de las velas que me hacía visible desaparece, queda totalmente a oscuras fundiendo su cuerpo con una pared templada por el sol. Su bolso negro, impecable, tiñe el suelo de otro color, siente extraña la tela, tiene calor, su cuerpo se aleja del exterior y la danza de sus tacones facilita la fuga.

Aparece un punto de dolor, todo su cuerpo intenta liberarse, un torrente de sensaciones inundan su mente, desorientada, intenta tomar el control de sus manos y entonces siente que su cuello se inmoviliza contra la pared, un golpe seco en la yugular le hace perder el control de sus músculos y sus piernas tiemblan. Como un animal que intenta liberarse de su correa, sólo consigue articular un sonido gutural, un gemido que explota contra el techo, rebota en las paredes y se ahoga en la música que lo inunda todo.

Percibo ese sonido como una vibración que se transmite a través de mi mandíbula, aprieto con más fuerza y ella articula otro sonido más fuerte, sigo sin entender lo que me balbucea, palabras y frases sin sentido que se mezclan con mi saliva. Un hilillo transparente y caliente dibuja un circuito irregular por mi mandíbula primero y después por mi cuello. Su mano sube por mi cadera y su dedo índice busca mi saliva, recorriendo el camino hasta mi boca. Desea conocer la fuente de su dolor.

Sus labios se mojan de un líquido rojo oscuro, frío y afrutado, inspira profundamente, sus pulmones se llenan de esencias, su pecho la separa unos milímetros de la pared y bebe la sensación de una superficie de cristal que le llena la boca, tragando con dificultad, se empieza a mojar la comisura de sus labios que rebosan mojando su cuello, bebo de ella, la presión del cuello se congela, se enfría repentinamente, agua helada contiene el dolor, su temperatura no baja, todo lo contrario, parece que la pared sea haya convertido en una plancha al rojo que la empieza a quemar por dentro, su corazón ahoga gritos de tensión y su boca pronuncia la primera palabra que puedo entender -quiero- y ahoga el resto de la frase, no dice nada más, el suelo se tiñe de vino, su camisa se abre de golpe y su pecho araña la pared, produciendo un escalofrío que recorre desde su espalda hasta la nuca evaporándose al encontrar el cristalino collar de hielo que se consume girando alrededor de su cuello.

El ritmo de la música baila los músculos de su cadera, se acerca y aleja de mí, buscando más calor, más frío, un poco de caos deseado.

Noto su pulso en mis labios, el hielo se deshace, sus manos rodean mi cintura, sus uñas se clavan en la piel a través de mi camisa tintada, se cierran sobre unos centímetros de tela y arrastran la camisa. Sus uñas se retraen y las yemas acarician buscando, sugiriendo, abriendo caminos, rozo su oído y le susurro, le encantan los números. Mis manos se pierden, no pienso en ellas, me concentro en ella, le cuento una historia sin hablar, sus manos trepan por la pared, se apoyan en ella, sus brazos se estiran, su cintura se arquea y su silencio deja de ser evidente, pero yo no allí, su imaginación me desplaza, me transforma en pluralidad.

- *Codificar vuestros sentimientos es adictivo, escribió ella.*

Arena y vino..

Susurros me despiertan, regreso de un profundo viaje donde ayer casi perdí el conocimiento como en un bucle de una montaña rusa. La noche anterior había sido intensa, mucho, ella me había abrazado desde lo más profundo, leyéndome una historia breve al oído, muy cerca, enjuagándola con vino, mientras sus dedos olvidaban la linealidad de lo escrito y viajaban más allá del papel.

Toda la noche mi parte inconsciente soñaba y evocaba esos momentos, donde el calor de una buena lectura podía quemar desde la primera palabra, sílabas que se enredaban entre silencios, caricias, mi pelo y su saliva. Me encantan los silencios, sobre todo, cuando su voz abandonaba la celulosa y ahogaba sus palabras cerrando sus labios sobre mí.

Recordaba aquel escenario que había construido con su improvisado guión, una venda en mis ojos, oxígeno como abrigo, una litera cómoda y su voz, calma, acariciando mi piel y provocando escalofríos. Mis ojos abandonaron cualquier intento de captar la luz exterior y se rindieron a imaginarla.

Ahora que me despertaba el amanecer, podía escuchar sus movimientos lejos de la habitación, pisadas y crujidos sobre la tarima, leves sonidos metálicos en la cocina y la campanilla del microondas, cocinaban un microclima sonoro que me recordaba momentos que ya formaban parte del ayer y no quería despertar.

Me resistía a quitarme la venda de los ojos, pero la luz que se filtraba por la mallorquina de madera me sacaba de la oscuridad en la que había estado prisionera toda la noche, sólo podía ver algunos destellos irregulares a través de las fibras de algodón, sombras deformes y un mundo caduco. Comencé a mover lentamente mis manos, acariciando las sábanas, dibujando curvas invisibles, buscando su cuerpo en algún rincón de la cama observando.

Los sonidos se detuvieron y su mano descansó sobre mi cuerpo, rozó con sus dedo mi rodilla, mis dedos la buscaron pero ya no estaba allí, de nuevo sus dedos sobre mis muslos, quise encontrarme con ella pero tampoco pude atraparla. No sentí más sus dedos y los míos buscaron su recuerdo, su sabor y mi sexo los arrastró sin control, encontré sus labios a dos milímetros esperándome para jugar con su lengua que había provocado tantas emociones y sensaciones, la arrastré hacia mí.

Susurré a su oído que deseaba más juegos, más guiones y también silencios, obras con personajes anónimos, complemento de necesidades momentáneas y a veces salvajes que surgen para explotar en millones de partículas de jugos y palabras que se funden en caricias, arena y luz de amanecer.

- *Quiero más, mi ambición te trasciende, escribió ella.*

Mar, silencios y café..

Las fechas, los días, esas marcas en los calendarios que nos esclavizan, nos condicionan y nos limitan, son sólo eso, momentos, resúmenes de tiempo, fotogramas y como los flashes de una fotografía, algunos capturan momentos únicos y otros ni siquiera existen.

El mar siempre ha estado conmigo, ha sido testigo mudo de momentos de mucho dolor, de alegrías y de sensaciones grabadas en los surcos de arena profundos más allá de la orilla, esta vez también el mar me regaló un momento especial, me acercó una mujer, un ser diferente, inquietante a veces, de otro planeta, como solíamos bromear más adelante cuando esas confidencias al oído se desnudaban al calor de la piel.

Un viaje en el tiempo, eso fue todo, un paréntesis, un atajo en la maquinaria del destino, unas corrientes más fuertes y el oleaje marcaron el principio y el fin de un momento que fue tan sólo eso, miradas, instantes, intuiciones y sensaciones recortadas, ella era al mismo tiempo todo y nada, había desaparecido. Silencio y distancia.

Muy lejos de aquello que conocemos, más allá de donde alcanza nuestra mente, en la más absoluta oscuridad de lo racional, chirridos metálicos, el sonido de algunas ruedas dentadas oxidadas encajando unas con otras llenaron el espacio, todo comenzó a moverse y aquel momento del pasado volvía a la vida.

Como marionetas sin vida, aquella genial maquinaria del destino se encargó de poner voz a las sensaciones y volvió a juntarnos. Un periódico y un café fueron ese curioso nexo para conectar, celulosa impregnada con miles de palabras, aquellas que quizá necesitamos para comunicarnos, pero ni siquiera todo ese texto serviría para definir su complejidad, enigmática y directa.

Desde el momento que atravesó la puerta automática, su carácter, su esencia, aparentemente indestructible, pero tremendamente frágil, gritando que la quisieran, fue suficiente, no hizo falta más, sólo mirarla para reconocer las sensaciones y escuchar su voz. Todo aquello que había quedado atrás en la playa aparecía delante de mí y nos acercaba.

- *La nostalgia es un sentimiento inútil y peligroso, afirmó ella.*

La vuelta a casa..

Observaba de reojo el colgante del espejo retrovisor, llevaba enganchado allí semanas cuando él me lo regaló y se apropió del espacio en un descuido mío, era hábil. Si hubiera cerrado los ojos en aquel momento, preguntándome alguna virtud de aquel desconocido, hubiera sido sin duda, sus manos, sabía moverlas, con un control tan preciso que me encantaba.

Pero mis ojos no estaban cerrados, conducía a 90 km/h, regresaba sola a casa después de una larga jornada de fin de semana, no era el trabajo de mi vida, pero tenía ingredientes que lo hacían un firme candidato a engullirme, haciéndome invisible allí, como un tesoro escondido, inalcanzable para el mundo exterior.

Era un sitio tranquilo en la última planta de un centro comercial, con estilo minimalista, hilo musical que lo inundaba todo con temas de los ochenta, buenos compañeros, clientes dentro de la normalidad y sueldo razonable, pero si había algo que realmente me apasionaba, era conocer gente nueva, se había convertido en una adicción que me empujaba a jugar, me entretenía descubriendo personas y mentes.

Me distraía creando perfiles de clientes, los miraba al entrar en el local, desde la barra, sin que se dieran cuenta, en un golpe de vista y como una loca fotocopiadora, los escaneaba y la mayor parte de las veces, desafortunadamente, se convertían en sombras desvaneciéndose. Odiaba la monotonía.

Seguía conduciendo, había recorrido la mitad del camino, atravesaba un camino rural alejado de autovías iluminadas. En noches de luna llena como aquella noche, hubiera podido recorrerlo con las luces apagadas, estaba cansada, pero no tenía sueño, seguramente me daría una ducha y leería algo que mantuviera mi atención, mientras una pila de libros de otros autores yacían abandonados en la estantería de los libros nunca acabados. No me gustaba la sensación de empezar algo tremendamente motivada y observar, sin poder evitarlo, como todo aquello se desintegraba y se enfriaba. Buscaba euforia en cada situación real o ficticia y realmente me agotaba no conseguir mis objetivos.

Quise cerrar mis ojos y transportarme a la noche anterior, quise moldear despacio, con fuerza cada pieza y cada radio del volante de mi coche hasta formar lentamente, como con arcilla, sus dedos y después sus manos, perfectas, fuertes, cálidas e iluminadas entre sombras por los rayos de la luna, que brillaba escondiéndose detrás de unos pinos junto al camino.

Quise que me aplastara contra el asiento de nuevo que me susurrara algo en el cuello, muy despacio mientras al mismo tiempo me tapaba con fuerza los labios para que no pudiera contestar.

Quise evitar convertirme en una suicida al volante, abrí los ojos para volver al mundo real, pasando una nueva página, relajando la tensión en mi pecho y fui levantando poco a poco el pie del acelerador.

- *Tengo ganas de verte, escribió ella en varias líneas..*

Furtiva química..

Conducía por la autovía, había sido un día de trabajo complicado, duro y estresante. Mil veces me preguntaba el motivo de seguir trabajando en esta empresa que gestionaba residuos sanitarios. No era un trabajo muy reconocido socialmente, pero pagaban bien y los horarios eran razonables, además el seguro médico tenía beneficios, que se acordaban con los hospitales donde se hacían los análisis de control cada tres meses y anualmente con pruebas específicas, ya que se trabajaba con productos altamente infecciosos.

Ella, mi controladora seguía a mi lado, podía sentir su presencia, en todos mis pensamientos, en mis ideas fugaces aparecía y como la luz, provocaba oscuridad en su ausencia. Se había convertido en una adicción, aunque no quería reconocerlo, ni tampoco hubiera podido contarlo a ningún psiquiatra, sin que me encerrara. Me reía imaginando en silencio la situación, hablando en voz alta sobre ella, una máquina que me ayudaba a desconectar de la realidad con un enganche más profundo. Así era, ganadora frente a los competidores establecidos y ello me llevaba a las situaciones más extrañas.

Mi pie pisó el acelerador y el motor rugió, empujándome contra el asiento, apreté con fuerza el volante y cambié de carril de manera temeraria, el conductor al que sobrepasé se quedó mirando de reojo mientras desaparecía delante de su parabrisas. Me gustaba esa sensación salvaje. Al mismo tiempo que la aguja del cuentakilómetros giraba vibrante hacia la derecha, era cada vez más consciente de mis sensaciones, pulso acelerado, concentración, y el cerebro entraba en un estado de alerta del que disfrutaba.

Una limitación de velocidad en la autovía se reflejó en mi retina. Empezaba a cambiar de carril de manera incontrolada, esquivando a los tranquilos conductores que trataban de esquivarme con fogonazos que me cegaban. Me quedé mirando el retrovisor y empecé a perder la visión, todo se hizo muy brillante, una luz cegadora me hizo cerrar los ojos y entonces solté el volante dejando las manos apenas unos milímetros por encima del cuero que lo tapizaba, mientras el coche seguía acelerando.

Todo se detuvo, se congeló el tiempo y el espacio. Ningún sonido llegaba a mis oídos y mis párpados se mantuvieron pegados sin poder abrirlos. Ella podía hacer ese tipo de cosas, me arrancaba de la realidad y me manipulaba. Empecé a sentir un fuerte aroma en la boca, sabor a sangre en la garganta, olor intenso que me ahogaba. Algo de luz comenzó a filtrarse a través de mis párpados y algunos sonidos rellenaron el sordo espacio, agudos ruidos de cubertería metálica en la lejanía, vajilla de cristal, conversaciones condimentadas con risas bañadas en alcohol y el sabor de la sangre empezó a desaparecer de mi garganta para enfriarse y dar paso a una mezcla de aromas de lima, tónica y ginebra.

Una sombra frente a mí empezó a definirse, una mujer de pelo oscuro, largo, ojos intensos, profundos, labios carnosos y mirada furtiva e inquieta. Mira eso, me dijo, ¿qué ves? señalando una preciosa panera de metal en forma de jaula en miniatura. Observaba sus ojos y me recordaba alguien, una de mis recreaciones anteriores quizá, me era familiar, tanto que no supe qué contestar en varios segundos mientras pensaba, acerqué mi copa a la suya y brindé con ella mirando sus labios y al mismo tiempo acariciando sus tobillos despacio, muy despacio. Cerró los ojos pero sólo un instante, una gota helada de la base de la copa se precipitó desde la comisura de sus labios hasta su pecho y comenzó a ocultarse bajo la camisa dejando un rastro húmedo a su paso. Sigue, pensó. Miles de gotas heladas comenzaron a caer en su camisa, unas blancas otras tintadas en vino, nos quedamos sólos, reclinados sobre enormes almohadones a ras de suelo de color blanco, protegidos en un pequeño rincón que recreaba un escenario minimalista. Buscaba su sangre dentro de mí, quise besar su cuello, dejar una inapreciable marca en sus caderas y jugar con mis dedos con la cintura de su vaquero ajustado. Mi controladora conocía bien el poder de la química de la sangre y sabía cómo preparar un escenario donde todo estaba preconcebido..

Levanté el pie del acelerador, aparecí circulando en las afueras por una autovía solitaria, en plena noche, regresando a casa por un camino nuevo, desconocido, y con un ligero sabor afrutado en mi boca.

- *Manipula mis sensaciones otra vez , deseé yo.*

Printed in Great
Britain
by Amazon